Confession intime d'une femme adultérine

Frank Mays ASSOUMOU MVOMO

Entrepreneur, Spécialiste en Marketing,

Communication, Relations Publiques

1

Table des matières

I. Prise de contact avec le taximan

Je suis souvent hébété de la facilité avec laquelle beaucoup de personnes se confient au taximan. C'est peut-être parce que beaucoup de taximan ont compris que leur job ne doit plus se limiter à transporter les clients. Ils sont devenus une oreille attentive dans un monde où personne n'a du temps pour l'autre.

Un matin de juillet, alors qu'il n'était pas sensé pleuvoir, soudain le ciel s'assombrit et il se mit à pleuvoir. Une dame grande de taille, visage angélique, taillée comme une guitare espagnole, arrêta le taxi, devant un immeuble de douze étages, totalement vitré. Une fois à bord, le taximan lui demanda sa destination, sa seule réponse fut : pas important. Elle était tellement class que le taximan ne faisait que la regarder du coin de l'œil. Mais, il n'osait rien lui dire. Puis, il vit une goutte d'eau déferler sur la joue de la dame. Il se dit : ça doit être la pluie. Il continue de la regarder du coin de l'œil. La récurrence du phénomène au bout de 5 minutes, lui fit penser, qu'il s'agissait plutôt des larmes.

II.   Le secret

Epris de compassion pour elle, le taximan lui tend un mouchoir et se mis à lui parler ne sachant véritablement pas l'origine de ses larmes. Ça va aller, lui dit-il. Ce sont les choses de la vie. Si on vous a viré de votre travail, ce n'est pas grave. Vous êtes belle et intelligence. Vous allez rapidement trouver un nouveau boulot. Mais, la dame ne réagit pas.

Il reprend : si vous avez perdu un être cher, soyez forte. Dieu a donné, Dieu a repris, que le nom de l'Eternel soit béni. Il sait pourquoi, il a permis que cette personne puisse mourir. Elle est décédée. Elle a fini sa mission sur terre. Il faut maintenant l'accompagner dignement. Soyez forte, pour vos enfants et votre mari. Quand elle entendit « mari », elle se mit davantage à sangloter.

Il se dit alors qu'elle venait de surprendre son époux avec une autre femme à son bureau, car elle portait son alliance au doigt. Ah madame, il faut nous excuser. Nous les hommes, nous sommes comme ça. Une seule femme ne nous suffit pas. D'ailleurs, il y a trop de femmes dehors, si on prend juste une femme, les autres vont rester seules. Le plus important, c'est qu'on vous a épousé. Vous êtes mariée légalement, donc vous n'êtes pas une petite *tchiza*[1]. S'il vous a épousé, c'est parce qu'il vous aime. Madame, ne pleurez plus, s'il vous plait. Il ne vous trompera plus, je suis sûr de ça. On ne peut pas tromper tout le temps, une belle femme comme vous tout le temps. Il a compris.

- Il n'a rien compris, reprit-elle !

- Il ne va plus vous tromper, dit le taximan.

---

[1] Expression utilisée au Gabon pour désigner les amantes des hommes mariés

- Mais, ce n'est pas lui le problème. Le pauvre ! Il n'a rien fait ! Il faut beau, grand, costaud, métisse, riche. (Que voulez-vous dire ?) C'est moi qui ai tout gâté ! (en sanglot). Je suis foutue. Ma vie est foutue. Comment tu es foutu, la sœur ? Non, ne dit pas ça. Qu'est-ce qui s'est passé ? Il me hait maintenant (en sanglot). Il ne veut pas me pardonner. Il ne veut plus me voir. Il ne veut plus que je le touche... Mon bébé est fâché contre moi... Et il a raison, je n'aurais pas dû lui faire ça. Il m'aime trop. Il m'aimait trop. Si seulement, je pouvais remonter le temps. Pourquoi, je lui ai fait ça à mon bébé... Oh, mon Dieu ! Aide-moi ! Je suis foutue. Si seulement il pouvait me pardonner, encore, encore, juste une dernière fois. Oh, qu'est-ce qu'on va dire de moi ? Qu'est-ce que je vais devenir ? Que vont dire mes parents ? Mes amies ? Je suis foutue oh !

Seigneur, aide-moi, s'il te plait. Papa pardonne-moi.

- Euh... donc tu l'as trompé ? Comment est-ce possible ? Pourquoi ma sœur ? Son 3ème pied ne répond plus ?

– Ah mon frère, c'est une longue histoire. C'est une histoire bête, qui a commencé bêtement.

J'étais allé passer deux semaines de vacances chez une sœur en province. J'avais besoin de faire le vide. Ça fait deux ans que je suis mariée. J'ai aussi un petit garçon de 2 ans. Et, je viens d'être nommé à grand poste de responsabilité. A 25 ans, c'est trop pour moi.

Pendant, ces deux semaines chez ma sœur, j'ai fait la connaissance d'un quinquagénaire appelé Louis. Qui venait de démissionner pour lancer son restaurant dans ma ville natale. Je le voyais au départ comme un père pour moi. Il était très attentionné. Il s'occupait de moi comme un père. Je voyais en lui une figure paternelle. Chaque soir, il m'invitait à son restaurant. On mangeait, on buvait et on parlait de tout et de rien.

On était tellement devenu proche, que pour choisir sa maison, il m'a demandé de l'accompagner. Il m'a laissé lui choisir la maison. Le week-end qui a suivi, il m'a demandé d'organiser une sorte de crémaillère pour montrer à sa famille et ses amis, cette splendide maison, qu'on avait achetée. J'ai tout organisé. La fête a été très belle. Il m'a présenté à ses amis et à ses cousins.

Le jour suivant il a mis un chauffeur à ma disposition et m'a donné une carte de club qui me donnait accès gratuitement à plusieurs night clubs, hôtels, restaurants, salons de beauté, spa, hammam et salles de fitness.

En 5 jours de fréquentation, j'avais oublié que j'étais mariée. Tous mes problèmes avaient disparu. Je me sentais chouchouter. Je me sentais libre.

Un soir, alors qu'on avait fait la fête chez lui, je m'étais endormi sur le canapé très ivre. En bon père qu'il était, il a pris une couverture et m'a couverte. Il est allé se coucher. Au milieu de la nuit, je me suis réveillée apeurée. La maison me semblait subitement très sinistre. Je croyais qu'il m'avait abandonné pour poursuivre la fête avec ses amis dans un autre night-club.

Je suis allé jeter un coup d'œil dans sa chambre. Il était endormi sous une lumière tamisée rosée, dans un lit douillé, large et accueillant. Une musique lounge créait une atmosphère transportant, qui m'invitait à le rejoindre. Couché, sans couverture, j'aperçus son corps sculpté comme un athlète. Tout semblait grand et gros chez lui. Son sexe remplissait son caleçon et débordait même un peu. Je désirais prendre soin de lui comme il l'avait fait pour moi. Je lui ai tiré la couverture. J'ai eu envie de m'allonger à côté de lui.

Une trentaine de minutes après, je n'arrivais pas à dormir. Je ne sais pourquoi. Subitement, il s'est tourné du côté où je m'étais allongée. Il a jeté ses grands bras et sa jambe gauche sur moi. J'ai ressenti tout contre moi son énorme verge chaude et tendue. Mon cœur battait la chamade. Un cœur me disait, qu'est-ce que tu fais là Arielle ? Sort de ce lit ! Un autre me disait, touche, c'est chaud, c'est dur, c'est énorme.

J'ai fini par écouter la deuxième voix. J'ai commencé à mettre un doigt dans son caleçon. Puis, deux. Ensuite, trois. Jusqu'à une main entière. Plus j'ajoutais les doigts, plus ça devenait chaud, plus dur, plus gros. Et, je me suis lancée. Je l'ai enfoncé dans ma bouche.

Elle la remplissait tellement et j'aimais ça. Puis, Marvin s'est réveillé. Il m'a encouragé.

– Il disait : oui ! vas-y ! Mange-là bien. Ça me transportait de plus en plus. Il m'a soulevé et plaqué contre le mur. Il me l'a fait sans totalement me déshabiller. Puis, il m'a plaqué sur son bureau de chambre. Il m'étranglait plus et me fessait. Mais j'aimais ça. Il était cette clé 14 qui démonte bien mon boulon. Ça a duré près d'une heure et nous nous sommes endormis.

À mon réveil, il n'était plus là. Sur le bureau, il avait laissé un mot : Tu es magnifique ! Subitement, mon téléphone s'est mis à sonner. C'était Marvin, mon mari. Pris de panique, je tarde à décrocher. Je me disais que Louis lui avait certainement tout raconté. Que c'était un de leur plan. Marvin insistait, tellement que j'ai fini par décrocher. Allo ! Oui. Tu fais quoi ton téléphone ne fait que sonner.

– Désolé, chéri, je dormais. J'ai un peu de la migraine. Comment vous allez ?

– Ça ne va pas. Prince a bu de l'eau de Javel. Donc nous sommes à l'hôpital. Il ne fait que te demander. Prends le premier vol, S'il te plait.

– Oh mon Dieu, mon bébé ! Comment tu as laissé la javel trainer ? Tu sais pourtant qu'il met à la bouche tout ce qu'il voit.

– Est-ce que c'est moi ? La dame de ménage m'a appelé en pleurant. Je suis rentré aussitôt. Je l'ai trouvé en train de suffoquer. Je l'ai emmené de suite à l'hôpital. Pardon, chérie, je reviens déjà. Il te demande beaucoup. Peut-être qu'il ne va pas vivre.

– Ne dis pas ça ! Mon fils, ne va pas mourir. J'arrive tout de suite.

J'ai directement foncé à l'aéroport. Heureusement pour moi, un vol décollait sous peu. J'ai rejoint la capitale l'heure qui a suivi.

Direction l'hôpital. Prince était toujours au bloc. Il se fait laver l'estomac. Quand il y est sorti, il dormait. J'ai commencé à avoir des remords de ce que j'avais fait la veille. Je me disais que Dieu me punissait à cause de mon infidélité. Je commençais à regretter mon geste et à détester Louis. Je me suis mis à pleurer à chaudes larmes dans les bras de mon époux. Je m'y suis endormie.

Pendant mon sommeil, Louis a envoyé un message : déjà debout ma gazelle ? J'ai envoyé le chauffeur t'attendre pour me rejoindre à midi dans notre restaurant préféré. Le téléphone était avec Marvin. Il a lu le message sans l'ouvrir. Mais il avait tellement confiance en moi qu'il s'est dit que la personne se trompait de destinataire, car je n'avais pas enregistré le numéro de Louis.

III.   Tentative de ressaisissement

Au réveil de mon fils, il m'a une fois de plus demandé. Mon mari est venu me réveiller : chérie, il s'est réveillé. Il te demande. Je me suis levée. Je suis allée le prendre dans mes bras. Je me suis à nouveau mise à pleurer à chaudes larmes. Je me suis une fois de plus voulu à cause de mon infidélité. J'ai vu combien de fois nous étions bien ensemble, mon mari, notre fils et moi. Je me suis dit que je dois tout faire pour ne pas détruire cette famille forte que nous étions en train de construire.

À peine je le pensais, mon téléphone s'est mis à sonner. C'était Louis. Mon mari m'a tendu le téléphone. En voyant le numéro, j'ai recommencé à panique. D'un geste brusque, je jetai le téléphone sur la table, disant : je ne connais pas ce numéro. Laisse-ça sonner, mon fils a besoin de moi.

Mon mari est sorti rencontrer le médecin qui s'occupe de notre fils prendre des nouvelles de son état. À son retour, voulant me faire part du retour du pédiatre, mon téléphone s'est mis à sonner à nouveau. C'était encore Louis. Il me dit : répond et dis à la personne qu'elle se trompe de numéro pour qu'elle arrête d'appeler ainsi. J'ai pris le téléphone et je suis allé répondre dehors. Chose qui a surpris mon époux et a commencé à éveiller des soupçons en lui. Car on ne se cachait rien jusque-là.

Quelques jours plus tard, nous sommes rentrés de l'hôpital. Mais les messages et appels de Louis, se multipliaient. Je n'avais pas eu l'occasion de lui dire que j'étais mariée et que j'avais un petit garçon de 2 ans.

Mon fils ne s'était pas encore totalement rétabli. J'ai donc avoué à Louis qui j'étais. Il m'a fait savoir qu'il est également marié. Mais, il trouve qu'on est bien ensemble et que nous devons chacun divorcer pour vivre notre histoire d'amour. Je lui ai dit que ce qui s'est passé entre nous était une énorme bêtise qui n'aurait pas dû se produire. Chacun doit reprendre sa vie en main.

Il a continué à insister par des appels et messages. Un soir, alors que je donnais le dîner à Prince, il a envoyé nouveau un message tandis que le téléphone était avec Marvin. Il disait : ma douce pomme exotique, s'il te plait, donne une chance à notre histoire. Mon époux lut le message et me demanda : Arielle, as-tu des choses à me dire ? J'ai tout de suite compris. Je ne voulais plus garder plus longtemps le secret, je voulais tout arranger et sauver mon couple. Je lui ai dit : laisse-moi terminer avec notre fils, je vais tout te raconter.

Une fois Prince couché, je vins m'asseoir à côté de mon époux. Je lui ai rencontré comment j'avais rencontré Louis. Que je le prenais comme un père. Qu'un soir on avait trop bu et que dormant sur un même lit on a couché ensemble. Et, ce n'est arrivé qu'une fois. Je me suis mis à genou et je l'ai supplié de me pardonner. Il m'a donné une claque et a quitté la maison.

Malheureusement, le lendemain Prince a rechuté. Je l'ai ramené à l'hôpital. J'ai appelé mon époux, mais il n'a pas décroché. Je lui ai fait un message disant que notre fils avait rechuté et que je l'avais ramené à l'hôpital. Il a tout de suite accouru. Il ne m'adressait pas la parole. Il s'adressait uniquement au personnel médical. On dormit à l'hôpital. Le matin, il se levait et allait à son boulot sans mot dire. Il revenait à midi passer un peu de temps. Puis, il retournait au boulot et revenait après 20h00 pour passer la nuit. J'entendais de loin comment il demandait : son état s'améliore-t-il ? A quel pourcentage sommes-nous aujourd'hui ?

Une semaine après, alors qu'il venait faire son tour de midi, je donnais à manger au petit. Il le salue. Bonjour champion, tu vas mieux aujourd'hui ? Puis, il ressortit parler avec le médecin. Quand il revint, il s'assit dans son coin. Prince s'est mis à lui dire : papa, vient ! Papa vient, s'il te plait. Tu es fâché contre moi ? Pardonne-moi papa, je ne vais plus boire ça.

– Je ne suis pas fâché contre toi, champion. Papa est juste un peu fatigué.

– Alors fais-moi un bisou. Maman fais-moi aussi un bisou. Le jour suivant, nous sommes sortis de l'hôpital. J'ai emmené le petit chez nous et Marvin a été aimable de nous accompagner. Il commençait à se faire tard, le petit ne dormait toujours pas. Mon mari a été contraint de lui dire : Champion, je m'en vais. Je viens te voir demain.

– Tu vas où papa ? C'est déjà la nuit. Viens dormir avec nous papa, s'il te plait.

– Le père céda. Il s'allongea à droite, le petit au milieu et moi à gauche. Et ça été cela pendant une semaine.

Puis, un jour alors que j'avais laissé le petit chez ma mère pour venir me reposer un peu. Marvin arriva à la maison pensant que le petit était là. Comme il ne voyait personne au salon, il se dit que nous étions en train de dormir. Il vint alors regarder dans la chambre. Il ouvrit la porte lentement de sorte à ne pas nous réveiller. Comme il ne nous voyait sur le lit, il ouvrit grandement la porte. Il me découvrit toute nue, sortant de la douche. Gêné, il s'excusa et tenta de refermer rapidement la porte. Mais je criai aussitôt : non ! Reste bébé. Et, je courus l'attraper par les pieds pour l'empêcher de repartir. Il me dit : lâche-moi. Tu es allée te donner à un autre. Reste donc avec lui. Je me relevai doucement, mes mains tout contre lui. Lorsque mes mains arrivèrent au niveau de ses fesses, je les serai fortement le penchant tout contre moi, poitrine contre poitrine. Je l'embrassai avec force. Puis au bout de quelques secondes, il céda. Et, nous fîmes l'amour. Une fois qu'il a éjaculé, il s'est rhabillé et a tenté de s'échapper à nouveau. Je me suis agrippée à nouveau à ses jambes, lui disant : s'il te plait reste, s'il te plait reste. Je suis désolé de t'avoir trompé. Ça s'est passé juste une fois et ça ne se reproduira plus. Je te le promets bébé, s'il te plait. Je l'ai à nouveau embrassé de force. Il a encore cédé. Et nous avons recommencé à faire l'amour. Cette fois après avoir jouit, il s'est allongé sur le lit et m'a serré dans ses bras. Il me dit : Je t'aime tellement. Je n'arrive pas à t'haïr. - Je suis désolé bébé. Cela ne se reproduira plus jamais bébé. Je suis désolé bébé.

C'est ainsi que nous avons fait la paix. Nous avons recommencé notre vie ensemble, oubliant ce mauvais épisode. J'ai changé de numéro pour que Louis ne continue pas de me pourrir la vie. Nous sommes redevenus cette famille heureuse que nous étions au tout début.

IV.   La rechute

Un an s'est écoulé. Mon époux est allé en mission dans un pays étranger pour six mois. Je suis resté seule avec le petit. Quatre mois après, alors que j'étais en train de faire les courses dans un supermarché de la place, je sens quelqu'un qui me prend par la taille. Je me retourne en colère pour exprimer mon mécontentement à cette personne qui ose me toucher si intimement. À ma grande surprise, tu sais qui s'était ?

– Non, la sœur ! Ton mari ?

– Bah non ! Louis !

– Je tremblais de tout mon être. Je lui ai donné une claque et je lui ai interdit de le refaire à l'avenir. Que je suis une femme mariée. Que ce qui s'était passé entre nous s'était juste un égarement passager. Que j'avais déjà tout raconté à mon époux et qu'il m'avait pardonné. Que je ne vais plus le laisser m'embobiner avec son comportement de Don Juan. Puis, je suis sorti précipitamment du supermarché.

Ne le sachant pas, il m'a suivi jusqu'à la maison. Il a commencé à venir dormir devant chez moi, dans sa voiture. Lorsque je sortais, il venait se mettre devant ma voiture, pour m'implorer de recommencer notre aventure. Tu ne peux pas mettre un terme si brusque à notre histoire. Je lui répondais, il n'y a aucune histoire entre toi et moi. Et si tu continues j'irai voir la police pour qu'elle t'interdise de t'approcher de moi.

Un soir alors que je sortais une fois de plus de chez moi, il a répété le même scénario. Il s'est agenouillé devant ma voiture. Il s'est écrié : s'il te plait, tue-moi ! Je ne mérite pas de vivre si tu n'es pas avec moi. Car ma vie sans toi n'a plus de sens. Tue-moi, s'il te plait pour que je n'aie plus à souffrir. Cela m'exaspérait tellement, que je suis sortie de ma voiture avec ma talon. J'ai commencé à la lui taper dessus. Quitte-là ! Dégage de ma vie ! Quitte devant ma voiture ! Je ne veux plus, ce qui s'est passé entre nous, c'était une erreur. Je ne veux plus, je ne plus... je suis une femme mariée. J'aime ma vie de couple. Je ne veux plus avoir des problèmes avec mon époux.

Pendant que je le tapais dessus, il s'est assis à même le sol. Il m'a saisi par les jambes. Oui, tape-moi. Tue-moi. Tape-moi. Tue-moi. Lorsque j'arrêtai de lui taper dessus, il s'est mis à pleurer à chaude larme.

– Okay, je te laisse. Je ne vais plus te suivre. Mais s'il te plait, permets-moi d'aller manger avec toi une dernière fois. On va dans un restaurant de ton choix. Là où il y a du monde. Je te promets de ne pas te toucher. Je veux juste un repas d'au revoir. Après, je vais disparaître à tout jamais de ta vie. Tu ne vas

25

plus me voir et tu n'entendras plus parler de moi. Je veillerai à ce que nos chemins ne se croisent plus jamais.

J'ai accepté. Nous sommes allés dans un bon restaurant très chic. Je voulais qu'il dépense énormément et qu'il se décourage véritablement. Le service était impeccable comme à l'accoutumé. Il tenait sa parole. Il ne me touchait pas. Il mangeait silencieusement. Il a commandé la meilleure bouteille de vin qui restait au restaurateur et il l'a bu en moins de dix minutes. Puis, il commanda une deuxième et une troisième. Je lui ai dit, tu n'es pas venu ici pour te soûler la gueule. Finis ton plat et on va rentrer. Comme il ne mangeait plus et que ça m'agaçait de lui voir ingurgiter autant d'alcool en moins de temps, je lui ai arrangé la bouteille. Il a commandé une quatrième. Je lui ai dit que je m'en allais. Il m'a demandé de rester. Qu'il vidait juste cette dernière bouteille et qu'on s'en irait. Il m'a supplié de finir la demi-bouteille que je lui avais arrachée. J'ai accepté. C'était un excellent vin. Il m'a plu. J'en ai recommandé une. Puis, une seconde. Peut-être une troisième et une quatrième, je ne sais plus. A la fin de la soirée, je ne tenais plus sur mes pieds. Il a proposé de me raccompagner et promis qu'il n'entrerait pas chez moi. J'ai accepté.

Quelques minutes de route après, je me suis endormie. Il a garé à un endroit sombre, loin des regards indiscrets. Il est allé faire mixtion. Il revenu. Il m'a trouvé totalement endormi sur le siège arrière. Ma robe s'était remontée de sorte que mes jolies cuisses étaient à découvert. Il n'a pas pu résister. Il est venu me rejoindre derrière. Ses grandes mains étaient tellement chaudes. Il a voulu me rabaisser la robe. Puis, il s'est mis à me caresser, tout doucement, doucement... des orteils jusqu'au minois. Il y a ajouté progressivement des suçons, de la plante des pieds jusqu'au manoir. Il savait que j'adorais ça. Je me suis réveillé. Il était en train de me donner du plaisir. C'était tellement intense que je lui ai dit : ouiiiii, enfonce bien ta langue. Et, il me l'enfonçait profondément. Il a enlevé son engin de son froc. Il a commencé à me caresser avec. Cela m'excitait davantage. Je lui ai demandé de me l'enfoncer. Que je voulais le ressentir en moi. Il me l'a mis. Il me faisait un bien fou. Je me suis mis à le griffer et à le serrer fort, tellement fort. Je voulais devenir une seule chair avec lui.

Hélas, une fois nos ébats terminés, j'ai recommencé à le détester. Je me suis mis à nouveau à regretter mon geste. Je lui en ai en voulu de m'avoir encore amené à tromper mon époux. Je pleurais. Il me réconfortait. Il demandait pardon. Il m'a promis de ne rien dire à mon époux. Que je n'étais pas obligé de le lui dire aussi. Il est descendu de la voiture. J'ai tout de suite filé chez moi. Je me suis lavé, encore et encore. Je n'arrivais pas à croire que j'avais trompé mon gentil époux une deuxième fois. Je pleurais à chaudes larmes, jusqu'à m'en dormir.

Le lendemain, je me suis réveillée en pleine forme. J'ai décidé de passer l'éponge. Que je ne dirais rien à mon mari. Qu'il n'en saura rien. J'ai repris ma vie avec mon fils en attendant impatiemment le retour de mission de mon époux.

Un soir après avoir couché mon fils, je regardais la télévision. Je reçu un message d'un numéro inconnu : Bonsoir, je m'ennuie. Pas toi ? J'ai répondu : qui est-ce ? Il a repris : désolé, je sais que j'avais promis de ne plus jamais te contacter. Tu me manquais tellement que je me suis dit qu'il en était de même pour toi. Donc je me suis permis de t'écrire. Mais si tu ne veux pas, ce n'est pas grave. Je ne vais pas insister. J'ai répondu : oui, je ne veux pas. Ne m'écris plus. Je suis déjà mariée. Il a répondu : Okay.

Je croyais qu'il allait insister. A ma grande surprise, il ne l'a pas fait. Une heure. Deux heures. Trois heures de temps sont passées. Il n'écrivait plus. Je fus contente. Mais pas pour longtemps. Je commençais à me demander ce qu'il était en train de faire. Je me suis dit qu'il est certainement en train de s'amuser dans un night-club avec d'autres filles. Après quelques minutes d'hésitation, je lui ai écrit : c'est bien tu as compris. Merci. Une heure de temps après, il ne répondait pas. J'ai envoyé un deuxième message : que fais-tu ? Il n'a toujours pas répondu. J'ai envoyé un troisième : mais répond ! On peut quand même rester des amis. Il ne répondait toujours pas. Son silence me rendait anxieuse. J'ai commencé à tourner

© Frank Mays ASSOUMOU

dans la maison me demandant : je l'appelle ? Non, je ne dois pas le faire. Je n'ai pas pu résister. J'ai lancé l'appel. Ça sonnait, sonnait, sonnait. Puis, rien. Je suis allé m'allongé sur mon lit. Je n'arrivais pas à trouver le sommeil. Je ne faisais que tourner. J'ai tenté de prendre un bouquin pour lire. Rien. Je voulais savoir pourquoi il ne répondait pas à mes messages. J'ai donc décidé de retenter de le joindre une deuxième fois. Une troisième. Une quatrième fois. Il ne décrochait toujours pas. J'ai fini par me résigner. Je suis retournée dans mon lit.

Alors que je commençais à trouver le sommeil, j'entends la sonnerie de messagerie de mon téléphone. Je saute regarder ce qu'il dit. Il ne disait rien. Du moins pas explicitement. Il venait de m'envoyer une vidéo de lui en train de s'amuser sans moi dans un night-club. Il dansait avec des pétasses. J'ai répondu : c'est bien. Amuse-toi bien. Je suis retournée au lit. Quinze minutes plus tard, un autre message arrive. Je vais regarder. C'est encore lui. Il dit : viens me rejoindre, on fête l'enterrement de la vie de célibataire de mon cousin Frank. Non, répondis-je. J'ai le petit avec moi, je ne peux pas le laisser seul. Je suis retournée dans mon lit. Il ne disait plus rien. Je finis par m'endormir.

Une heure, voire deux heures plus tard, mon téléphone sonne. Je me réveille. Je vais regarder. C'était lui. Je décroche : oui, monsieur, il se fait tard. Que voulez-vous ?

– Toi.

– Vous avez fini de vous amuser avec vos pétasses ?

– Non, ne dit pas ça ! Ce sont des filles que nous avons sollicitées pour faire passer à Frank une superbe soirée d'enterrement de vie de célibataire. Je suis là devant ton portail.

– Et tu veux que je fasse quoi ?

– Bah que tu viennes, s'il te plait ?

– Non ! Je dors déjà !

– Okay, je m'en vais alors. Au revoir.

Une fois raccrochée, une voix me disait vas-y le rejoindre. Marvin, n'est pas là. Il n'en saura rien. J'ai tout de suite rappelé Louis. Tu es déjà parti ? Non !

 – Pourquoi ?

– J'espérai que tu vas me demander de monter chez toi. – Tu es culotté. J'arrive.

Je suis allé lui ouvrir. Une fois que j'ai refermé le portail, il s'est jeté sur moi. Il a commencé à me dévorer de partout. Il m'a soulevé et m'a posé sur une des voitures de notre garage. Il m'a à nouveau démonté. Je lui ai, ensuite, supplié de partir chez lui avant quelqu'un ne le voit. Il s'en est allé. J'étais déjà éperdument amoureuse de lui. Je l'avais à partir de cet instant dans la peau.

V.   Le monde s'effondre

Un autre soir, une semaine avant le retour de mon époux. Il passait dans mon quartier. Il a vu notre portail ouvert. Il s'est hissé doucement dans notre concession. Je revenais du supermarché. Comme j'avais beaucoup de courses à ranger, je n'ai pas pris le soin de bien refermer le portail derrière moi. Alors que je rangeais, je sentis quelqu'un qui me prenais par la taille. J'ai tout de suite reconnu son odeur d'homme viril. Il a posé sa main gauche sur ma nuque et m'a courbé sur la table de la cuisine. Il m'a à nouveau démonté avec son énorme clé 14, là à la cuisine. Puis, je l'ai supplié de repartir.

J'étais déjà accro à lui. Je l'aimais de plus en plus. Je me demandais s'il fallait que je quitte mon mari. Après tout, il y a de milliers de couples qui divorcent chaque jour. Je résolus

© Frank Mays ASSOUMOU

de quitter mon époux. J'avais hâte de l'annoncer à Louis. Je lui ai donné rendez-vous dans un restaurant de la place pour lui annoncer la bonne nouvelle. Il était très content que je sois à nouveau ouvert à lui au point de l'inviter.

Il est arrivé le premier au restaurant en bon gentleman qu'il était. Quand je suis arrivé, il s'est levé. Il a tiré ma chaise. Il m'a aidé à m'asseoir. Il avait pris le soin de commander des roses blanches pour moi. Il savait que je les adorais. J'étais dans une joie angélique. Tout se passait bien. Nous avons commandé chacun ce qu'il voulait manger. Puis, nous avons enchainé des bouteilles de vin. Il me dit : c'est ainsi que j'aime te voir. Radieuse, joyeuse, croquant la vie à pleines dents. Je rougissais davantage. Il me dit : tu disais que tu avais une superbe nouvelle à m'annoncer. De quoi s'agit-il ?

– Oui. Tu as dit que tu m'aimais n'est-ce pas ?

– Oui.

– Que tu voulais que chacun de nous divorce pour qu'on donne vie à notre histoire ? – Oui. – Alors, je vais demander le divorce à mon mari pour vivre avec toi.

– Okay ! C'est super comme nouvelle ! Garçon deux champagnes. Cette nouvelle mérite d'être dignement célébrée.

– Le serveur nous apporta deux bouteilles de champagnes. Une pour lui, l'autre pour moi. Puis, il en a commandé deux autres. Il me demanda quand je voulais qu'il vienne me prendre. Je lui ai dit que je vais le tenir informer. Dès que mon arrive, je vais lui dire que j'ai bien réfléchi, je veux le divorce. Il me demanda où était le petit ce soir, je répondis chez ma mère. Il dit : super ! nous avons toute la nuit pour nous.

Allons continuer la fête chez toi ce sera plus convivial.

Nous sommes rentrés chez moi. Par respect pour mon époux, nous sommes allés dans la chambre d'amis. Il me menotta sur le lit. Il me fit l'amour comme si c'était la première et la dernière fois. C'était violent et plaisant. Il me frappait pendant l'acte. Mais j'aimais ça. Il m'a démenotté. Il m'a demandé de le menotter à son tour. Je l'ai fait. Il m'a demandé de monter sur lui. Il m'a dit : bébé, allé, baise-moi. J'ai, de ce fait, introduit son engin dans mon manoir. J'ai commencé à trépigner sur lui de toutes mes forces de sorte à lui donner du plaisir comme il m'en avait donné lorsqu'il menait la danse. Il m'encourageait : fort, plus fort. Vite, plus vite. Vas-y tu es la meilleure. Tu es une championne. Vas-y surtout ne t'arrête pas. J'ai mouillé fortement. J'ai découvert que je pouvais être une fontaine lorsque le plaisir était à son maximum. Il ne s'était pas libéré lui. Il m'a demandé de manger sa verge. Il m'a dirigé pour lui donner le plaisir qui lui faisait du bien. Avec beaucoup de salives. Avec langue. Mordiller avec les dents. Accélérer le rythme. Malaxer ses testicules pendant que je m'occupais de sa verge. Lorsque j'ai voulu la sortir un peu pour prendre un bol d'air, il a lâché le petit oiseau. Il s'est écrasé juste sur mon visage. Je l'ai détaché. Il était toujours tendu comme si on n'avait rien fait. Nous avons repris le match. Encore et encore. Je ne sais plus combien de temps cela a duré.

A mon réveil, il n'était plus là. Il avait laissé une aussi longue lettre :

- *Ma douce pomme exotique,*

Je t'aime énormément. Je crois que tu sais et tu n'en douteras pas. Nous avons passé d'excellents moments ensemble. Tu m'as montré combien de fois tu pouvais être cochonne au lit. J'aime les femmes comme toi qui savent se lâcher.

J'ai connu beaucoup de femmes. Tu es particulière. Tu sais être sage et folle quand tu veux. Tu sais être un agneau et un loup. J'espère que nous aurons encore d'autres occasions pour renouveler nos ébats.

J'espère que tu as aimé ma manière de te démonter avec ma clé 24. A voir comment tu prenais ton pied, je crois que ton époux ne te donnait pas autant de plaisir. Tu pourras lui donner des cours. Tu es devenue une vraie experte sexuelle. Je compte sur toi, je sais que tu peux le faire.

Tu sais. Je suis marié depuis 30 ans. Ma première fille a ton âge. Aussi, ma femme connaît qu'une seule femme ne peut me suffire. Elle m'autorise à avoir toutes les aventures que *je souhaite. Je lui ai même parlé de toi. Elle m'a tellement supporté durant toutes ses années. Je ne peux malheureusement pas la quitter.*

Tu m'en verras désolé. Entre toi et moi, il ne peut rien avoir de plus que du sexe. Ce n'est donc pas la peine de quitter ton époux pour moi. Car je ne vais jamais quitter mon épouse pour une de mes conquêtes. Tu n'es pas la première ni la dernière. Vous êtes des centaines actuellement.

Si tu as aimé ton mari un jour, le mieux est de rester avec lui. Je pourrais te démonter une énième fois lorsque j'en aurai envie. Je suis en train d'aller retrouver ma famille à l'étranger où nous vivons. Je suis juste venu dans le pays pour acquérir de nouvelles affaires et goûter aux délices féminins qui s'y trouvent.

Ne soit pas du tout fâchée. La vie est ainsi faite. Tout flatteur vit au dépend de celui qui

© Frank Mays ASSOUMOU

l'écoute, disait La Fontaine. S'il te venait à l'esprit de m'en vouloir et de me poursuivre en justice, sache que tous nos ébats ont été filmés. Je les enverrai à ton fameux époux. Il verra quelle cochonne tu es et combien de fois tu prenais ton pied avec moi.

Je ne peux te laisser comme ça sans souvenir de moi. Je t'offre ce cadeau à côté de cette lettre. Il te permettra d'avoir l'impression que je suis à tes côtés. Il s'agit de mon parfum. –

Je n'en revenais pas. Tout ce temps, Louis se foutait de moi. Il prétendait m'aimer. Or, j'étais juste un objet pour lui. Je n'arrivais pas à le croire. Je me disais que c'était une mauvaise blague ou du moins que je rêvais. J'ai composé son numéro une fois, deux, trois, quatre, cinq, six fois, il sonnait comme véritablement quelqu'un qui avait voyagé. À la

7ème tentative, j'ai reçu une vidéo de lui reprenant le message de la lettre.

Je me suis dit que cela ne se passera pas ainsi. Je me suis rendu au commissariat pour lui porter plainte. J'étais très confiante parce que le lieutenant qui m'a reçu était très aimable et me disait que c'était une petite affaire.

Marvin est revenu. Je ne lui ai rien dit. Je me disais que je lui dirai tout une fois que la justice m'aura donné raison. Comme ça il ne m'haïra pas. Nous avons repris le cours normal de notre vie de couple. Louis, n'appelait plus. Il ne donnait pas signe de vie de lui. J'étais à fleur de lui. Lorsque mon époux me faisait l'amour, je n'y prenais plus plaisir.

Je suis tombée dans la masturbation. Je m'étais acheté un gros nounours, des sex-toys et des menottes. Lorsque j'étais seul à la maison, j'allais dans la chambre d'amis. Je fais porter le gros nounours un sex-toy. Je lui mettais le parfum de Louis. Je lui mettais les menottes. Je m'asseyais sur lui, toute nue. Je trépignais sur lui jusqu'à mouiller. Mais, je n'arrivais à être fontaine comme avec Louis lui-même. Donc je l'ai répété, des dizaines de fois.

Comme je n'y arrivais toujours pas avec le gros nounours et les sex-toys, j'ai offert le parfum de Louis à mon époux. Je l'obligeais à se doucher et à le mettre. Toujours rien. J'ai tenté de pimenter ça, en ayant des ébats dans la voiture, rien. Dans la cuisine, rien. Je lui ai proposé les menottes, il a accepté. On l'a fait comme avec Louis. Mais ce n'était pas pareil. Je n'arrivais pas à mouiller comme une fontaine comme je faisais avec Louis.

Cela m'énervait davantage. Je voulais Louis. Comme je n'arrivais pas à l'avoir à nouveau, je suis retourné voir le lieutenant chez qui j'avais porté plainte. Je voulais qu'on l'enferme. Je voulais le détruire comme il m'avait détruit. Pendant que j'étais là, mon téléphone a sonné. C'était de nouveau Louis.

– Allo !

– Oui, allo !

– Qui est-ce ?

– Arrête ce que tu es train de vouloir faire si tu ne veux pas être anéantie à tout jamais. – Tu me menaces ? Tu me menaces ? Je vais te détruire Louis comme tu m'as détruit.

– Le policier m'a demandé de me calmer. Il a pris son nouveau numéro. Il m'a rassuré qu'il allait l'arrêter sous peu. Rassurée, je suis rentrée chez moi.

Trois jours après, alors que j'étais chez ma coiffeuse, le policier m'appelle.

– Monsieur Louis est de retour dans le pays. Nous allons l'arrêter demain.

– J'étais contente. On allait, enfin, le faire payer pour m'avoir envoûté. Une fois raccrochée, j'ai reçu un message : je t'avais demandé de rester calme. Tu seras davantage anéantie. J'ai reçu par suite une série de vidéos de mes ébats avec Louis. J'ai crié très fort. Je me suis mis à pleurer. Tout était filmé comme un film, notre premier rapport en province, ceux dans la capitale, dans la voiture, dans la cuisine, dans la chambre, menotté... je n'en revenais pas qu'il avait pu filmer tout ça. J'étais anéantie. Je voyais toute ma vie s'effondrer. Je lui faisais confiance, lui il me jouait comme pour obtenir un trophée. Il m'avait eu. Il m'avait détruit. J'étais déboussolée. Je ne savais plus ce qu'il fallait faire. J'étais face à mon erreur. Je voyais tout ce que j'avais acquis s'envoler. La coiffeuse est venue vers moi.

– Arielle, qu'est-ce qui se passe ? Tu as perdu quelqu'un ?

– Je suis foutue. Je suis morte et enterrée.

– Marvin, ne va jamais me pardonner ça. Que vont dire mes parents ? Mes amis ? Je vais faire la UNE des journaux. Qu'est-ce qui m'a pris. Dites-moi que je suis dans un rêve et que je vais me réveiller. Je rêve, n'est-ce pas, Amy ?

– Comment ça tu rêves ? Non, je ne crois pas. Sur ces mots, je suis allé monter dans ma voiture en courant.

Arrivée à la maison, mes clés ne passaient plus. Je me suis dit que je me trompais de trousseau de clés. Je me suis mis à vider mon sac au sol. J'ai essayé tout ce que j'avais comme clé. Rien n'ouvrait le portail. Je me suis dit que j'avais oublié mon trousseau de clé au salon d'Amy ou que j'avais pris celui d'une cliente et laissé le mien. J'ai appelé Amy.

– Amy, s'il te plait, je n'aurais pas oublié mon trousseau de clés là-bas par hasard ou bien quelqu'un ne cherche-t-il pas le sien ?

– Non, tu n'as rien sorti de ton sac quand tu étais ici. Juste ton téléphone que tu manipulais. De toutes les façons, il n'y a aucune clé ici.

Je me suis alors rappelé que Louis avait dit qu'il enverra les vidéos à Marvin si je venais à vouloir lui nuire. J'ai eu peur. Je me suis dit : certainement, Louis a envoyé les vidéos à Marvin. Il s'est fâché et a changé les serrures de la maison.

Je me suis ressaisie.

– Non ! Marvin, ne peux pas faire ça. Il m'aime énormément. Nous avons un enfant ensemble.

– Je décidai de l'appeler. J'ai tenté une fois, deux, trois, quatre. Son numéro sonnait occuper.

– M'a-t-il mis sur liste noir ? Je suis remontée dans la voiture. Direction école de mon fils. Je disais que j'aillais le prendre et on allait aller voir son père en ensemble. Il sera épris d'amour pour nous et nous donnera les nouvelles clés de la maison.

Lorsque je suis arrivé à l'école de mon fils, il n'y était plus. Son père était venu le récupérer. Ça ne sentait pas du tout bon. J'ai pris courage, j'ai roulé jusqu'à son bureau. D'habitude l'agent de sécurité me laissait directement monter. Cette fois, il m'a demandé :

– Que puis-je faire pour vous ? Je lui ai dit : vous ne me reconnaissez pas ?

– Je suis madame Marvin MANGUILA. Je vais chez mon époux.

– Monsieur MANGUILA, nous a dit qu'il n'a plus d'épouse et que si par hasard une femme venait lui demander ici prétendant être sa femme, de ne pas la faire monter sous aucun prétexte.

– Vous êtes fou ou quoi ? C'est quoi cette mauvaise blague ?

Pendant que nous étions en train de discuter ainsi, le petit frère de mon époux est arrivé.

– Bonjour Ghandy, tu vas chez Marvin ?

– Bonjour Arielle, comment vas-tu ? Oui, je vais chez Marvin. Il m'a demandé de venir le voir urgemment parce qu'il voulait me dire quelque chose de très important, mais il ne pouvait le faire au téléphone.

– Okay, justement, je venais aussi le voir. Figure-toi que l'agent de sécurité refuse de me laisser monter. Il prétend que Marvin lui a dit qu'il n'avait plus d'épouse et que si par hasard une femme venait lui demander ici prétendant être épouse, de ne pas la faire monter sous aucun prétexte.

– C'est une blague !

– C'est justement ce que je lui ai dit.

– Monsieur... comment on vous appelle ?

– Monsieur ASSANE

– Okay, monsieur ASSANE, cette femme est la femme de mon grand-frère monsieur MANGUILA à qui appartient cette entreprise. Donc ne cherchez pas de problème inutilement, laissez-la monter.

– Monsieur, c'est monsieur MANGUILA lui-même qui nous a ordonné de ne pas faire monter chez lui toute femme qui prétendrait être la sienne. Je ne fais qu'exécuter les ordres du chef.

– Et moi ? Je n'ai pas aussi le droit de monter à son bureau ?

– Non, vous vous pouvez monter. Il nous a avertis de votre arrivée.

– Okay, comme il m'attend, je vais monter avec la dame. Cela dérange-t-il, c'est ma femme ? Ça vous convient ?

– Si monsieur MAGUILA se fâche, il faut lui dire que c'est vous qui l'avez fait monter.

– Sans problème.

– Chérie, allons-y !

Grâce à Martin, j'ai pu monter jusqu'au bureau de Marvin. Une fois à sa porte, Martin a sonné et a décliné son identité. Il a ouvert la porte. Il l'a salué avec un grand soupir. Quand il m'a vu, il s'est directement mis en colère.

– Toi, qu'est-ce que tu fais ici ?

– Il prit son téléphone et a appelé la sécurité.

– ASSANE ? Je ne vous ai pas ordonné de ne plus jamais faire monter cette femme à mon bureau ?

– Monsieur MANGUILA, je suis désolé, s'il vous plait. C'est votre frère qui l'a fait monter. Je leur ai pourtant dit que vous l'avez ordonné. Mais ils ne m'ont pas cru. Votre frère a pris l'engagement de répondre de ça. Vous pouvez lui demander. Je suis désolé, monsieur. Désolé.

– Il raccrocha et s'est tourné vers Martin à sa gauche.

– Martin, c'est toi qui as fait que j'ai ordonné à mon agent de sécurité de ne plus faire monter cette fille sans éducation dans mon bureau et tu l'as fait monter ?

– Marvin, c'est ta femme que tu appelles déjà femme sans éducation ? J'ai raté un épisode ou quoi ? Qu'est-ce qu'il y a ? Je croyais que l'agent de sécurité était de mauvaise foi. Je ne comprends rien.

– Attend tu vas comprendre tout de suite ce qu'elle a fait.

Marvin demanda à son frère de s'asseoir. Lorsque je voulus faire de même, il me l'a formellement interdit : Oh, oh, ooooh !

– Toi ne t'assois pas : Tu n'es plus la bienvenue ici.

Il a tiré le tiroir droit de son bureau. Il a sorti une télécommande. Il a allumé la télévision qui était placé dans un coin côté droit de son bureau. Mon cœur battait la chamade. J'ai directement su qu'il savait déjà tout. Que Louis lui avait envoyé les vidéos de nos ébats. Je me suis tout de suite mis à genou, disant :

– s'il te plait bébé ne fait pas ça !

– Qui est ton bébé ? Ne me touche surtout pas. Et ne m'appelle plus jamais ainsi.

– Il s'est mis à projeter les vidéos que lui avait envoyées Louis.

Martin n'en revenait pas ? Il s'est tourné vers moi : Arielle, c'est toi sur cette vidéo ?

– C'est-elle ! Tu veux d'abord qu'on aille consulter un *nganga* pour avoir la confirmation qu'il s'agit bien d'elle ?

– Marvin est allé reprendre son téléphone.

– Assane ? Venez me jeter cette femme dehors. Je me suis mis à le supplier : Marvin, pardon. Pardon bébé, je suis désolé, je suis désolé. Il m'a trompé. Il a profité de moi. C'est toi que j'aime.

– La femme que j'ai vu sur ces vidéos, prenais plaisir à coucher avec cet homme. Elle ne peut donc pas m'aimer.

– Les agents de sécurité sont arrivés. Ils m'ont tiré de force. Une fois au hall, je leur ai demandé de me lâcher que je vais sortir seule. Alors je me suis recoiffée et repoudrée. C'est d'où je revenais où vous m'avez pris.

Comme Arielle, beaucoup de personnes ne savent pas se contenter de leur bonheur et se laissent souvent duper par de bels inconnus. *La Bible* dit : A celui qui a un peu, on lui ôtera le peu qu'il a (Mathieu 13 : 12). C'est pour dire, nous devons savoir apprécier et préserver jalousement ce qu'on a. Dans le cas échéant, on risquera de tout perdre.